KB107948

황혼일지

황혼일지

발행일 2016년 9월 30일

지은이 최 한 중
펴낸이 손 형 국
펴낸곳 (주)북랩
편집인 선일영 편집 이종무, 권유선, 안은찬, 김송이
디자인 이현수, 이정아, 김민하, 한수희 제작 박기성, 황동현, 구성우
마케팅 김회란, 박진관, 오선아
출판등록 2004. 12. 1(제2012-000051호)
주소 서울시 금천구 가산디지털 1로 168, 우림라이온스밸리 B동 B113, 114호
홈페이지 www.book.co.kr
전화번호 (02)2026-5777 팩스 (02)2026-5747

ISBN 979-11-5987-211-2 03810 (종이책) 979-11-5987-212-9 05810 (전자책)

이 도서의 국립중앙도서관 출판예정도서목록(CIP)은 서지정보유통지원시스템 홈페이지(http://seoji.nl.go.kr)와 국가자료공동목록시스템(http://www.nl.go.kr/kolisnet)에서 이용하실 수 있습니다.
(CIP제어번호 : CIP2016022257)

황혼일지

최한중 지음

북랩book Lab

목차

세월 추억 사랑 가족

정체된 공간

풀어서 헤치니 한 웅큼의 원한 쏟아지고
빈자리 기다려 기쁜 정성 넣으려니
때 놓쳐 그마저 힘겨워라
더할 것도 덜할 것도 없는 시간 속에
밀한 살림 지겨워 벗어난 즈음
흐르듯 오는 인파 속에
혼 나간 채 맡긴 몸이
떠밀려 닿은 공간
너의 체적이어라

1987.2.26

3월. 정

드려서 그리운 정
돌려받아 채운 마음은
하늘가 맴도는 하얀 실구름
매듭 없는 묶음으로 파랗게 이었더니
풀어지든 끊어지든
흔적 없이 흐르는 정
꽃샘바람 부는 대로
내 마음 실어 보내니

1987.3.27

선

점내의 갈망

튕겨져 나오는 외침

선으로 이어져라

휘젓는 왼팔이

가슴 위에 얹히면

쉬는 즐거움도 멀리하고

오른팔 들어 소리치리

꺼져가는 불꽃

타오르는 연기

선으로 이어져라

1987.6.19

고개

여보, 나 지금 산 넘고 있는 거요
살고 있는 거요
넘고 또 넘어 산이고 마주 보이는 것도 산이고
산다는 것이 움직임이고 맞닿은 것도
산이고

1999.2.8

방황

내— 설 땅은 어디인가
지나친 흔적이 전수 내 소유가 아닐진대
지금 머무는 곳은 진정 내 터 이런가
나— 이제 연못 속의 쉼터 찾아
봇짐 내리고 긴 세월 살아 봄세

내— 널 향한 시간 얼마쯤 될까
살아있어 무한한 것이 세월일진대
문득문득 이어지는 그대 생각은
조각배 타고 연못 헤젓는 사공이구나

2010.7.19

외출

문밖 나선 지 오랜만에 다섯 시간 산보
경치 즐기며 맑은 물에 발 담그고
새 소리. 막걸리 한잔에 추억하나 걸렸네
재 넘어 시간여행 다시 올 수 있으려나

2010.8.23

무상

저 문밖 소음 이미 다 알거늘
바람소리 실린 사연 풀기 어려워
다시 귀 기울이면 다른 소리 들려오고
망자의 한 그리 깊단 말인가

석양 아래 검은 산은 형체만 남아있고
계절 따라 변하는 색깔은 어디다 버렸나
시간 흘러 공간마저 그 마음 허무한데

2010.10.20

용기

지나간 시간들이 가슴속에
겹겹이 쌓였다가
더 이상 주체 못 해 한숨 섞여
토해낼 때
추억인양 숨겨졌던 기억 속의
사건들도
어느 순간 회한되어 미련 없이
쏟아지네

곁에 있어 훈훈한 온기도 가이없는
공간에 흩어져 버리고
의미 없는 동작들만 눈앞에 어른거려
돌아설까 망설여도 허망한 전진이
더 쉬워서
어차피 한번 인생 내친김에 가버리자

2010.11.11

바람소리

바람의 한숨소리 듣고픈 건 아니지만
빌딩 숲 스쳐가며 산화하는 울부짖음
다시 모아지면 흐느끼는 잔성은
사구를 쓸어가며 부르는 노랫가락
나뭇가지 흔들며 위아래 스며드는
속삭임은
내 소싯적 감성이런가

2010.12.10

고통

먼 산 치솟아 오르는 검붉은 불꽃
태워야 비워지는 원상의 법칙에
육신이 내던져져 평안이 오는가
마음을 불살라야 통증이 멈추는가

2010.12.16

낚시

나의 낚시 떴다, 천상에

산과 산 사이 하천 낀 논밭이 보인다

바람 따라 흐르니 전방이 시원하다

한 번 더 돌고 싶다

나는 너를 찾아 떠도는

날개 달린 천사인가

2010.12.29

새벽 공기

새벽이슬 머금은 공기 한숨 들이키니
허파 속이 찌릿하다
순간 어떤 향기 코 속에 맴돌아
님의 여운인가
다시 토해 맡아 볼 셈 깊게 내쉬니
어느새 퇴색되어 하얗게 날아 간다
지우고 싶은 기억도 멈추고 싶은 순간도
그 속에 묻혀져라

2011.1.10

설산

가는 나뭇가지 감싼 눈/
햇살 먹어 눈부시다
눈 밟는 소리 하늘 퍼져 사라진다
흐름의 시간 속에 머릿속 비워지고
원초적 본능만이 새삼 편안할진대
껴풀 속의 내 마음은 아직도 허덕인다

2011.1.20

그늘

그늘이 깊다
패인 골 사이 바람이 분다
먼지 떠올라 비상하고 싶어도
그늘이 깊다
눅눅한 내음이 가슴을 헤집어도
코끝은 멍하고/
그늘이 깊다
나- 그늘에 들어볼까

2011.4.21

바람 I

바람이 흐르다 멈추는 사이
또 다른 바람이 파고든다
시원함도 잠시/
바람의 색깔이 느껴진다
연두, 분홍, 노랑
더 이상 파랑도 검정도 아니다
바람은 계속 날고 싶다

2011.5.24

바람Ⅱ

바람의 마음은 내음으로 읽고
바람의 색깔은 마음으로 읽어
잊혀진 젊음을 회상해 보매
그다지도 많았던가 순간의 설렘이/
인연과 관계 속에 얽힌 추억들은
머물 듯한 공간에 순간 사라지니
덧없음 느낌마저 초라해지는구나

2011.6.30

애틋한 마음

내가 너를 알려면
좀 더 다가서야 하지만
내가 나를 보려면 이미 내가 아니니
어차피 나의 존재감은
너와 함께 아닌가
가까움의 두려움은 이미 터득한지라
간격 두고 보는 마음 더 애틋하구나
우산 속 어깨두름 그 이상 바랄 수 없구려

2011.7.12

하늘의 분노

하늘이 터졌다
온갖 오물이 쏟아졌다
미움과 적체된 시간도 한꺼번에 산화됐다
하늘이 터졌다
대동맥이 막혔다 찢어졌던 혈전도
쌓인 감정과 함께 소리치며 퍼졌다
메아리도 없이 잔흔만 남았다
인간의 만용 사정없이 치죄하며
하늘이 노했다
이만큼도 부족하다고

2011.7.28

허탈

느낌이 없다/
바람은 부는데
느낌이 없다/
햇살은 내리쬐는데
느낌이 없다
모진 세상을 살아가는데
느낌이 없다

2011.9.1

절제

푸르름이 더하여 진녹이오
진녹이 농익으면 어둠이다
욕망과 오만을 시간 속에 희석시켜
파랑새 숨 쉬는 공간 속에 누워볼까

2011.9.4

산중에서

내가 산중에 있을 때에는
내 눈에는 내가 없고 오직 산뿐이다
네가 산중에 있을 때에는
네 눈에 나는 산이고 산도 산이다
우리 모두 산중에 있을 때에는
네 눈에는 내가 있고
내 눈에는 네가 있으니
그 큰 산은 어디 갔나

2011.9.14

흐름

흐름이 막히면 어딘가 터지고
흐름을 막으면 어딘가 썩는다
공간의 흐름은 막고 터지는데
세월의 흐름은 한결같구나

2011.10.25

사라진 소리

소리가 사라졌다
삭풍의 속삭임도/ 아이들의 웃음소리도
아궁이 장작 튀는 소리/
화로 젓가락 재 터는 소리도
추억은 소리마저 앗아가는가
허전한 이 겨울 녘에

2011.12.29

가슴 속

하늘 받치고 살아온 무게
등짐 벗듯 팽개친 지 수년인데
짓눌린 멍 자국 아직도 선명하네
가슴속 뚫린 상처 사랑으로 채워보나

2012.2.17

삶

정이 멈춘 곳에 그리움이 더하고

식었던 가슴속 열기 속에 잦아드니

삭풍 섞인 안개만이

한숨 속에 담기네

우리의 삶/ 고맙소

2012.3.30

늦은 봄 들녘

늦은 봄 들녘/ 고즈넉한 언덕에
시들은 꽃잎 달고 녹음 속 유세라니
때 아닌 우박에 혼쭐나서 움츠리고
위안받고 싶은 마음 그득한지 안다마는
차라리 꽃잎 떨군 아쉬움만 못하네

2012.5.21

어느 봄날

아카시아 꽃잎 져서 황토에 뒹구니
그 색깔/
흰나비 날갯짓에 묻히다
나 죽어 땅에 지면
가슴속 보랏빛 황토 배어 군청색/
그 색깔 너무 짙어 한숨 쉬어 토해낸
카키색/
파란 하늘가 새 되어 노닐 수 있다면

2012.5.28

인생

견주어 나은 게 없으면 실패한 인생인가
들이대 처지지 않으면 성공한 인생인가
한 번도 힘든 인생/ 생각하기 나름인데
여생은 무상으로 채워지려나

2012.10.1

산 1

네 산 위에 내 산 있어/ 나 올라간다

풀잎 마르고 낙엽지니 나 또한 메마르다

내려오매/ 마른 흙 내음 푸석이니 /

코 속 가득히

가는 길-오는 길 모든 게 인생인데

어디서 삶의 뜻 찾으려나

2012.10.10

연초에

흩어진다/ 내 몸의 살점이 바람결에 뒹굴며
뒤돌아본다/ 지나온 나날 속에 부딪쳐 온
상처를
놓아줘라/ 긴장 속에 살아온 네 머리통을
저무는 해의 희뿌연 석무 속에 시간마저
멈추느니
아서라 제멋대로 살아간들 어차피
한세상인 걸

2013.1.8

모정

내 나서 아득할 때 어머니 얼굴
비바람 세월 지나 주름진 얼굴
내 늙어 황혼 녘에 스러진 꿈이
저녁노을 엄마 얼굴 훔치며 가네

가버린 추억 속에 어머니 손길
가난 세월 눈물 말라 상처난 흰 손
내 늙어 황혼 녘에 스러진 꿈이
저녁노을 엄마 흰 손 훔치며 가네

2013.3.11

벚꽃잎

지는 벚꽃잎 눈가 스쳐 떨어지니

고였던 내 눈물 훔쳐갔나

즈려밟고 돌아보니 황토 묻어 날아간다

손 뻗어도 어림없던 그 꽃잎이

농익으니 스스로 내게 떨어지네

2013.4.27

이른 낙엽

지는 낙엽/
단풍이 코앞인데 그새 흙을 밟다니
색색이 단장하여 다가올 경쟁이
두려웠나
미리 포기하기는 너무나 아쉬운데
그래도 가을 하늘은 높고 푸르다

2013.10.5

한강변 가을

한강변 산책로/
태풍 내음에 코스모스 모가지가
흔들흔들
흰색, 분홍, 진분홍 꽃잎 촐싹인다
어느 색이 좋냐고 그니가 쳐다본다
합환주 생각나 흰색, 진홍색 물타기
분홍색을 선택했지
"그리 트릿한 색깔을…."
"[모] 아니면 [도]지."
역시 그니는 짜릿한 것을 좋아했다
졸지에 거지 dog 되었지
잠깐!
꽃 속의 가운데는 모두 노란색
흰 재킷에 노란 스카프, 진분홍에
노랑 스카프는 볼만한데
분홍 재킷에 노란 스카프는 영 아니네
그래 또 한방 먹었다

2013.10.7

공허

비 개자 더 청명해진 가을 하늘
익사할 듯한 푸르름이 빛의 산란 결과라면
내 가슴속 찢어질 듯한 공허함이
잿빛으로 더해감은
세월의 탓이런가
삭발 후 입산한 수도원엔 주위만 포장될 뿐
내 마음은 어제 그대로
찰나의 환희와 망각의 반복이 인생이라면
생각의 깊이는 얕을수록 평온하다
그냥 속없이 사는 건데

2013.10.10

지각 단풍

동지가 한 달인데
철 지난 단풍이 빨갛게 수놓았네
수북히 쌓여 짓밟히는 낙엽더미
이름값 하느라 혼자 남았나
고개 들어 다시 본다
단풍나무 새빨간 잎새

2013.11.26

선릉에서

성장이 멈춘 나무가 늙어가면
낙엽진 후 앙상한 몸매는 수령이 묘해진다
거무튀튀한 껍질에 이끼 끼고 혹까지 달았으면?
화색 도는 껍질에 윤기가 흐르면?
늙은 나무는 병충해에 시달리는
옆의 동료를 바라볼 뿐
젊어서 풍부했던 수액과 피톤치드도
고갈되고
자주 와 대화하던 벌-나비도 발길 끊고
야박한 까치 떼만 오물을 던진다
늙은 나무와 해 질 녘 눈의 대화를 마친다

2014.1.22

꿈속에서

꿈꾸듯 살고 있다 어제와 오늘/
한일과 하는 일이 구분이 안 되어
방안을 서성인다
꿈꾸듯 살고 있다 오늘과 내일/
하는 일과 할 일이 정리가 안 되어
손 놓고 멍청히 창문을 내다본다
꿈꾸듯 살고 있다
어제와 오늘 그리고 내일/
어차피 연속된 시간들 -
머리 써 구분한들 소용 있나
그냥 쿨하게 흘려보내지

2014.3.8

혼돈

좌 · 우가 바뀌었다/
왼쪽에 있던 그녀의 작은 점이
지금은 오른쪽에 같은 모양으로 존재한다
분명 왼쪽인데 왜 지금은 오른쪽이지?
거울에 비친 허상을 본 것인가
그새 좌 · 우가 바뀐 걸까/
좌는 왼쪽, 우는 오른쪽
뇌의 좌 · 우 판단이 틀렸을까
눈의 좌 · 우가 바뀐 걸까/
머리는 멍청해지고 눈은 침침해지니
사실과 멀어졌나/
노안의 경지에선 좌나 우나 거기가 거기니
무얼 그리 따지시나
그래도 왼쪽이 분명한데

2014.3.9

모임

그립던 친구/ 만나보면 시들하고/
음식 놓고 제사상 차린 듯 착각한다/
그 얼굴 영정사진 같으니
내 너무 오버했나/
혈색 붉던 생김새 어느새 병색 짙고/
걸음걸이 어느새 뒤뚱 오리 한 마리/
앞에 놓고 침묵이 민망하니
시간 보며 하는 게 씹는 거네
병 이야기, 손주 이야기 빼고 나면
심심하고
만난 지 한 시간이면 이별이야

2014.3.13

시간

가는 데 한 시간/ 오는 데 한 시간
(언제부터인가)
가는 데 한나절/ 오는 데 한나절
(지금은)
가는 데 하루/ 오는 데 하루
(언젠가는)
가는 데 순간/ 오는 데 무한대
친구여 가는 시간 줄이려 힘쓰지 말게나

2014.3.27

목란

담장 밖 만개한 목란의 민낯은
크림색일까 순백일까 아니면 주근깨 덮인
점박이일까/
겹겹이 얼싸안고 요요한 자태
뽐내다가
어느 순간 길 위에 뒹굴기 시작하다/
외로운 황혼-기다림 끝에
거친 발길 입자 맞아 핏빛으로
물들다/
목란사랑, 황혼사랑, 핏빛사랑

2014.3.29

벚꽃 흉년

흐드러지게 피어야 벚꽃이지
솎아낸 듯 모습으로 생색내나
한 번 들어 주시하는 수고로
꽃잎 숫자 세는 것도 아니고
달이 차서 나와야지 날씨 좀 덥다고
이른 낙화 염려되니 길게 보기도
안쓰러워라

2014.4.2

잎. 잎

꽃잎. 나뭇잎(풀잎)
화려한 자태로 곤충을 유혹하는
꽃의 조연자– 꽃잎/
탄소동화작용으로 수목의 생명을
지켜주는 나뭇잎. 풀잎/
부담될까 거침없이 몸 내던져 꺼질 줄
아는 겸손/
'잎'의 참뜻은 주군을 모시는
조용한 역할이 아닌가/
'잎'과 같은 사람은 누구에게나 필요한
존재이다

2014.4.9

내 몸속 엔진

엔진을 멈춰라
내 가는 모든 곳이 이웃에 도움이 안되니
내 몸의 엔진을 멈춰라

엔진을 멈춰라
내 보는 모든 것이 이웃에 도움이 안되니
내 몸의 엔진을 멈춰라

엔진을 멈춰라
내 듣는 모든 것이 이웃에 도움이 안되니
내 몸의 엔진을 멈춰라

엔진을 멈춰라
내 생각하는 모든 것이 이웃에 도움이 안되니
내 몸의 엔진을 멈춰라

엔진을 멈춰라
내 먹는 모든 것이 이웃에 도움이 안되니
내 몸의 엔진을 멈춰라

엔진을 멈춰라
내 말하는 모든 것이 이웃에 도움이 안되니
내 몸의 엔진을 멈춰라

멈춘 엔진이 녹슬도록 내버려 둬라

2014.4.14

스모그

먼지 덮인 산야
숨 막히는 대기
천신이여— 구름 속 오존층은 건재하나요
인간사회 질서가 혼탁한 즈음에
눈물 한 번 흘리실 순 없나요
통곡을 기대하기에는 너무 긴 시간이
필요하나요
봄비 노래 들으시고 제발 가랑비라도
뿌려주오
온난화 이상 기후에 스콜도 부탁해요

2014.4.17

너

내가 그리 말했지?
'우리의 관계가 영원하리라'고
그게 언제였냐고?
나는 늙되 너는 계속 젊어야 한다고
생각될 때

내가 그리 말했던가?
'우리의 관계가 영원하리라'고
그게 언제였냐고?
나는 늙되 너의 젊음을 대신할
사람이 필요할 때

2014.6.20

정

정을 미루면 애증이오
정을 땡기면 열정이다
열정을 태우면 사랑이오
열정이 식으면 서먹이다
긴긴 세월 지나 애증도 사랑이 되고
조금 더 지나면 서먹도 사랑이 되니
다만 늘그막의 사랑이 서글프기만 하구나

2014.7.19

시간을 거슬러서

옛 능을 거니는데
느닷없이 경진왕후 소통하자네
'내 조만간 환생하여 생전에 못 즐긴 욕구 원없이 풀겠다나'
나를 찍었는데 하나로는 부족하니
2명 더 준비하래
그래. 맨진과 경환 추천했지
조아그라 사용자와 오래 사용 안 해
총열이 녹슨 자는 싫다네
그래. 조금만 시간을 달라고 했네
거총이 안 되고 총열이 녹슬면 관심병사
그래서 나는 지금도 열심히 찾고 있다
왕후의 영원한 파트너 3인조를
열심히 움직이세
웃자고 하는 이야기

2014.8.9

인간의 퇴보일지

눈이 침침하여 책을 멀리한다
다리가 시큰거려 걷는 게 달갑지 않다
이성도 동성도 그저 사람으로 보인다
스포티한 문화가 생소해진다
어제 입던 옷이 편해 오늘도 계속 입는다
듣는 즐거움/보는 즐거움 모두 시큰둥하다
새로운 도전은 오직 남의 일이다
가족 이외의 남의 일은 관심 밖이다
가까운 길도 생각 없이 돌아 걷는다
줄을 서기가 왠지 민망하다
픽션보다는 다큐가 훨씬 편하다
거울 보면 짜증내는 횟수가 늘어난다
보신에 대한 관심이 높아진다

2014.8.18

그리움

그대 그리움이 내 가슴 넓게 드리우면
눈마저 시린 듯 감기고
시간을 되돌려 다시 기억하면
오늘 지나 먼먼 내일로 넘기렵니다
나의 무언 속 외침이 들리시나요
다시 한 번 그대 생각에 가볍게
몸부림칩니다
그리움이 외로움이 된다면
나-나 몸 둘 곳 어디인가요

2014.8.23

산길에서

산길에서
다람쥐. 지천에 널린 도토리 제쳐두고
내발에 서다
박새인지 작은 새
내 머리 위에서 지저귄다
대낮에 저승사자 향도는 아닐 테고
나. 이제 자연인 되었나
맑은 하늘은 가을 쫓아 높아만 가는데

2014.9.13

하늘

그냥 그 이상도 아니고 그 이하도 아니다
내가 머무는 이곳이/
그래도 날아볼까 허우적대니
날개는 고사하고 장딴지만 굵어졌네
그 하늘이 오르기엔 그리 높은가
바라보면 한 눈인데 눈을 감아라
까마귀도 오르는 그곳
까매지면 오르리

2014.9.24

높새바람

가을 하늘 높새바람
'윙윙' 소리 내어 운다
세상 먼지 씻어내며 '윙윙' 눈 훔치며 운다

가을 하늘 높새바람
'윙윙' 소리 내어 운다
태풍 맞서 위세하 듯 '윙윙' 피 토하며 운다

2014.9.25

가을 소리

가을이 오는 소리/
도토리 떨어지는 소리 '타닥'

가을의 정점에서/
산비둘기 겨울 준비 사랑 소리

가을이 가는 소리/
낙엽 타는 소리 '타닥'

도토리 땅에 밟히고
낙엽은 연기로 승천하는데
나는 어이 여기 있을까

2014.9.27

STRESS

인간의 조건/ STRESS

도시생활/ STRESS

인간관계/ STRESS

죽음의 공포/ THE MORE STRESS

해탈/ STRESS OF STRESS

2014.9.27

가는 세월

이래도 되는 걸까
머리는 휑한데 수염, 코털은 수북하다/
어깨뼈는 앙상한데
손톱 발톱은 무럭무럭/
책 놓고 턱밑은 어른어른.
먼 산은 지척이다/
민감하던 경조사. 너만의 이벤트고
무덤덤 지는 해 왜 그리 서글플까

이름 빼고 내 몸을 바꿀까
아니 이름. 몸 통째로 던질까
올해도 종 치러 가야겠네

2014.10.11

나-오늘

시간 속에 묻혀 스쳐간 사람들
일상 속에, 업무 속에, 인연 속에
수많은 공간을 메꾸어 왔고
아련히 순간순간 그 장면이 연상되지만
부딪히면 딱히 나눌 대화도
떠오르지 않는다
갈등도 원망도 호기심도 전혀 연결되지 못한다
그냥 그 시절 뉴우스처럼
과거는 길었고 짧은 미래가 남아있지만
나는 지금 서편 오늘에 서 있다

2014.10.22

나의 나

사각의 방 속에 갇힌 나/
사각의 사무실에 박힌 나/
사각의 미디어에 꽂힌 나/
온갖 할 일에 매인 나/
갈수록 빠른 세월 잡으려는 나/
만사 놔버리면 없어지는 나/
저승에서는 틀 밖의 야생마—나

2014.10.31

노숙자

귀찮아-한 번에 일자리 잃고/
귀찮아-두 번에 사람을 잃고/
귀찮아-세 번에 씻기를 잊네/

하루에 한 끼면 만족이고
하루에 두 끼면 사치다/

게을러도 우리 중에 뚱보를 보았나
거리의 천덕배기 우리는 다이어트 선교사

2014.11.17

저승 가는 길

가는 길 외롭고 서러워도
그냥 혼자 가세요/
노후는 같이 걸어도
어차피 갈라설 것
다 떨치고 혼자 가세요/
내시경 렌즈 삼키듯 꿀꺽 한 번이면
이승은 이미 전생/
당신이 즐겨 입던 옷가지에
당신이 떠난 걸 느낍니다
애걸했던 옛사랑
그곳서 만나세요
언젠가 그리워 다시 만나겠죠
인연은 죽어서도 인연이니까요

2014.11.18

인생 각본

'경례' 울음으로 세상에 출생신고/
'차렷' 철들자 바른생활에 입문/
'쉬어' 은퇴 후 귀찮음에 고착/
'편히 쉬어' 영원한 안식처에 영면

2014.11.21

밤 문화 중독

어둠 속의 대화/
날 새면 부끄러워/
그대 얼굴 외면하고
해 지기를 기다리네/
맹세—맹세
그대와의 약속 되네이며
밤 문화 유혹 망설이네
반짝이는 네온사인/
눈 감고 다가간다

2014.11.25

을미년 첫날

강추위 거센 바람 속에
텅 빈 강변을 거닐며
잘못된 옛말 떠올랐다
'한이 없네. 밑 빠진 독에 물 붓기'

유일한 바가지 깨지면
팔목 인대 끊어지면
차라리 네 꿀벅지 다리로
확 돌려차 깨버려라

'끝이 났네. 밑 빠진 독에 물 붓기'

2015.1.1

얕은 맛, 깊은 맛

음미한 후 먹은 맛은 깊은 맛
게걸스레 먹은 맛은 얕은 맛
기다리다 지쳐 먹은 맛은 깊은 맛
허겁지겁 먹은 맛은 얕은 맛
당신의 식성은

2015.1.10

1월 한강변

삭풍에 물결 일렁/
하늘 파랑 강물 파랑/
서편 하늘 운무 몰려오지만
나-추위 묻고
계속 거닐고 싶다

2015.1.11

그리운 서울

서울이 있어 서울서 낳고
서울이 있어 서울서 사니
서울의 그리움 저밖에 있네
서울 찾아온 자 서울이 그리운가

서울 떠나 방황하다 꿈 깨보니
아직도 서울이어라
그리운 서울

2015.1.12

서초동 가장

비록 이승의 사바세계가
폭력과 간교로 얼룩지어도
그 덕에 인간이 모든 실체를 지배하고
환경과 바꾼 덕에 문명이 살아났으니
실체 없는 저승낙원의 동경보다
오늘의 괴로움이 다소 값진 일인데
그는 왜 가족의 목숨을 앗았을까
자신의 저승은 두려워하면서

2015.1.13

떠남-사라짐

나의 영상이 지워진다면/
나는 너를 떠나는 걸까 사라지는 걸까/
'떠남'은 아쉬움과 그리움의 여운이
'사라짐'은 냉정과 단절이 느껴지니/
나는 너를 떠나는 걸까 사라지는 걸까/
'이별'이 곧 떠남이요
'결별'이 곧 사라짐이니
나는 순간순간마다 이별을 준비해야 하나/
나의 이별이 너의 결별이 된다면
나의 영상은 지워져도
한없이 슬프겠지/
나는 오늘도 망상 속에 놀고 있다

2015.1.29

피난길

낙동강 상류 백사장/
곡마단 서커스 천막/
아이들 재잘거림/
피난길 상주 골짜기/
텃세 여아 손톱 자국 아직도 선명하고/
60여 년 지나 흐드러진 수년이
한 컷의 영상으로

2015.2.3

도인

사고적 수명이 다하면
허공을 사랑하자
찌르고 또 찔러도 여전히 내 편이니
허공을 사랑하자

사고적 수명이 다하면
멍때려 사랑받자
멍때림 익숙할수록 천대가 덜하리니
풀린 동공 연습하자

사고적 수명이 다한자
육체적 수명도 따라주면
그대는 도인이네

2015.2.9

숲길

숲길을 거니는데/
바싹 마른 상수리낙엽
뒷바람에 내 발 앞에 뒹군다/
"네 나이 몇인데?"
"육십하고 좀 됐는데."
"나랑 비슷하구먼."
"너는 길어야 한 살이구먼."
"나도 반백 넘어 알 수 없고
매년 잎갈이하고 있구먼."

왠지 밟기 안쓰러워 비켜 가야지

2015.2.13

자극

시원한 거 좋아하지?
웃통 벗고 즉석 등물하지/
꼬불꼬불 인정길 확 밀어 포장하지/
못말려!

화끈한 거 좋아하지?
폭탄주 원샷/
즉석파티/
너 죽이고 나 몰라/
못말려!

짜릿한 거 좋아하지?
자학성 변태/
죽도록 매운 닭발/
클라이맥스만 즐기기/
못말려!

2015.2.14

겨울나무

겨울 막바지 앙상한 숲 사이/
자그마한 상수리나무 한그루/
무슨 사연에 바싹 마른 잎새 달고 있나/
봄기운, 새순은 어이하고
비바람, 눈송이 맞서며 청승인가/
찬사도 걱정도 세월 가면 무상인데
그냥 자연 속에 변하고 살거드라

2015.2.17

한강변

스산한 기운 도는 한강변/
오늘따라 까치 떼가 극성이다
자기 설날 잔치 벌이나/
고향 떠난 도시는 고요하고
아직도 목마른 강줄기는
비를 기다린다

2015.2.18

살아있음에 I

살아있음에/
너를 한 번 보고 두 번 보고/

살아있음에/
아픔도 외로움도 곁에 두고/

살아있음에 모든 것이 그리워진다

살아있어 영원한 즐거움과
애틋한 그리움만 채워줬으면/

삶이 가는 길목에서

2015.2.20

봄

봄이 오는 소리/
우산 위 가벼운 빗소리/

봄이 오는 냄새
비에 젖은 흙 내음/

시간을 멈추고 싶은 내게도
진정 봄은 오는가

2015.2.21

봄이 오면

봄이 오면 뿌연 황사도
세월의 구속도 싫다
눈 녹은 산비탈의 아지랑이와
새순 돋는 냄새만 사랑한다
봄볕 우산 아래 가슴을 펴고
시커먼 겨울 껍질 벗어 던진다
봄이 오는데

2015.2.27

뒤집기

태어나 첫 뒤집기로 만진 바닥/
천장과 다른 세상 깜짝 놀라고/
평생 땅만 보고 노닐다가/
목숨 다해 하늘 보고 누웠으니/
차라리 뒤집기나 말았으면

2015.2.28

샛별

긴 꿈속 헤돌다 창문 밖 샛별에 점 찍고/
한 줄 띄어 문자메시지 보낸다/
저 세상 먼저 간 지인들에게/
하늘에서 아래 보기 괴로우면
고개 들어 나와 같이 샛별 봐요/
아래 보고 살다 지친 우리들
샛별 속에 그리움 묻고 꺼내 봐요

2015.3.1

비상

오늘도 날개 펴고 같은 경로를 난다
저 길이 그 길이고 그 길이 저 길이다
고도를 높이면 자신이 없고
낮추자니 오염 천국이다
형광물질 날개 발라 날아본다
그들은 환호하나 나는 동일하다
향수 듬뿍 발라 날아본다
날벌레 방해로 참기 힘들다
날개 접고 기어본다
기기는 편안한데 날개가 버겁구나

2015.3.4

산새 먹이 주며

님 그리다/
그대 만나
당신 되고/
먼 훗날 임자 홀로되면
나, 새 되어 찾아왔네

2015.3.7

늦겨울/초봄

높새바람 일어
새파란 하늘 속 빠지다
"첨벙"
이승인지 저승인지
한동안 못 본 얼굴 보인다
바람결에 소나무 위
까투리 내려앉다
짝 잃은 장끼는 어디 갔나
봄이 오는 소리는
낙엽에 쓸려 가고
겨울 냄새만 차디차다

2015.3.10

순이의 문

사회단체 얼씬대다
정치 입문, 사사건건 시비하고
세금 먹는 자식들!

순이야 문 열어라

분수 모르고 노름, 밤문화, 약물 즐기다
망하는 연예인 자식들!

순이야 문 열어라

정으로 빈틈 메꿔 키웠더니
제 잘난 듯 배신하는 자식들!

순이야 문 열어라

늙은 게 자랑이냐
좆도 없는 게 거드름 피우는 자식들!

순이야 계속 문 열어 놔라

2015.3.14

봄기운

새싹 돋는 잡초
조심스러운 발걸음
대지의 봄기운 으쓱하다
가랑비 황사 걷어내니
3월의 하늘
연무 가려 낮아지다
가늠 힘든 옷차림
봄은 힘차게 밀려온다

2015.3.19

머물다 간 시간들

여보게!
우리들에게 머물다 간 시간이 있었던가
사건, 사고, 길들여진 습관 속에
자아를 잃은 지 오래잖아

여보게!
우리에게 멈추다 간 시간이 언제였지
생사의 기로, 고통의 나날들이
먼 옛날같이 느껴지네

아가야 너희만 보면
가는 시간 멈추기 일쑤이니
크는 동안이라도 시간을 재워라

머물다 간 시간들 더듬다가
어느새 석양이다

2015.3.22

퍼담기

내가 주는 그릇이

너무 커서 버거우면 어쩌나

퍼담다 보면 한 세월 가고

그것이 평생의 보람

하다 하다 지치면

네가 들어가 채우렴

하기도 전에 그릇 타령은

2015.3.24

개나리

꽃망울
꽃샘추위에 움칠하고
터진 꽃잎마저 바람에 시들다
먼저 나와 풍파에 시달리며
나잇값 하는 꽃잎
늦게 피어 귀태 뽐내는 늦둥이
저 앞의 꽃잎은
어떤 선택으로 고민 중일까

2015.3.24

선릉의 봄

구름 약간 낀 봄 하늘/
새순 돋는 앙상한 나무 위 까치집/
개나리 진달래꽃잎 꽃망울 어우러지고/
기지개 핀 장끼
울음소리 요란하다/
거니는 사람들 옷차림
홑겹 겹겹 제각각/
봄비 재촉하는 수목은 목마르고
흙먼지 일어 신발은 뽀얗다/
봄은 오는데 바람도 제법이다

2015.3.28

이상한 봄날에

서둘러 핀 벚꽃은 성글다/
황사에 이상기후에
꽃망울 터뜨릴 타이밍을 놓치니
벌 나비 눈길도 안 준다/
눈치보다 늦게 핀 녀석은
활짝 피어 벌 나비 불러 모을 시간에
쫓기고
반짝 즐기다 바닥에 뒹군다

2015.3.31

나의 소리는 죽어간다

밖에는 오가는 차량소음
안에는 직원들 말소리
내 공간은 잠잠해지고
전화기 울림도 삭아든다
나의 소리는 죽어가고
귓속 이명만 머리를 때린다
나의 소리는 점점 죽어가는데

2015.4.3

종합병원

찔뚝찔뚝 절룩절룩
콜록콜록 훌쩍훌쩍
겉모습 소리는 적을 수 있으나
담긴 고통은 나타낼 수 없구나
종합병원, 여기는 지옥인가 천국인가
하얀 가운의 천사도 있고
악마도 있네
죽은 자와 산 자
그리고 죽어가는 자가 있으니
여기는 천국인가 지옥인가

2015.4.3

숲속의 봄날

봄날인데
자연이 숨었다
피던 벚꽃잎도 가지 위에 숨고
눈치 없던 다람쥐도 자취를 감췄다
나뭇잎 풀잎 새순만 봄소식 전하고
시샘하는 날씨 덕에 생동이 멈췄다
연무 사이 가끔 비치는 햇살에
비타민D 받아 지친 정강이 살핀다
봄은 오는데
마음의 봄이 더 그립다

2015.4.3

인연

시간 따라 스친 인연들
천천히, 때로는 빠르게
간혹 멈춰서 맞은 인연
분노와 좌절, 성취감과 배신감도
가져다준 인연
추억으로 간직하고픈 인연
기억조차 담기 싫은 인연
아련하고 애틋한 그리운 인연

뭇 인연 중에 미련을 마지 못하는
찡한 인연은 언제였나

2015.4.9

참된 노년

한 끼나 두 끼면 족합니다
하루 한 번은 필수, 땀 내면 한 번 더 샤워
멀리 보이는 노안, 가까운 것은 봐도 모른 척
귀 막아야 편한 세상,
굳이 알려고 하지 마시오
고통스러운 관절, 굳지 않을 정도로
살살 사용하시오
남겨서 억울하다면 다 쓰고,
그래도 남으면 넓게 뿌리고 떠나시오
머물다 가는 이승, 모든 게 감사합니다

2015.4.13

내가 왜 이러지

어제는 괜찮았는데~
요전에는 아무 일 없었는데~
작년에는 멀쩡했는데~

내가 왜 이러지

2015.4.19

꿈과 현실

꿈꾸듯 살고 있다
깜박 졸던 꿈속인데
깨어보니 주말이네

꿈꾸듯 살고 있다
먼 옛날 배 주려 찾던 수제비
오늘은 별미 간식으로 메꾸네

꿈꾸듯 살고 있다
꿈속의 욕망들이 아직도 관망이니
차라리 깨어나지 마려므나

2015.4.22

4월은 잔인한 달

한 봄인데 겨울잠바와 반팔티
개화의 차례도 뒤죽박죽
맑은 하늘에 황사의 습격
정치권도 정경유착 진통 중
자연과 인간이 무서우니
마음이 슬퍼라
4월은 잔인한 달

2015.4.24

손. 손. 손

네 손을 내밀어라
내 손을 잡아라
내 일으켜 주마

네 손, 내 손 맞잡고 흔들
내 손 잡은 네 손 따뜻하구나

네 손 좀 내밀어라
내 손 좀 잡아다오
나 좀 일으켜다오

2015.4.24

어느 봄날

부슬부슬 봄비 그치고/
그래도 한강은 목마르다/
잔챙이 날벌레 눈가에 어른대고/
봄바람 꽃가루 실어 불어대니/
5월의 춘곤증까지/
고개 들어 하늘 보기 귀찮구나

2015.5.6

~~~~

털어내자/
주머니 재봉선에 뭉친 먼지
탁탁 쳐서 털어내자/

털어내자/
장롱에 쌓인 묵은 옷가지
몽땅 싸서 털어내자/

털어내자/
가슴속 얽힌 애증, 원한
불태워 털어내자/
~~~~

고이 간직한 사랑도 관심도
이 참에 털어내자/
내 영혼 이승 떠나 가벼이 떠날 수 있도록
모든 감정 털어내자/
갤러리 없는 카메라만 달고
드넓은 광야 마음껏 달릴 수 있도록

2015.5.8

지나가는 세월

현대에 공존하며/
근대의 문화에 갇혀 있는/
그렇다고 앤티크도 바라만 볼 뿐/
반세기 속에 만상을 부딪힌/
그래서 우리는 스스로 군자가 되는 걸까

2015.5.12

고리, 사슬

인간의 고리는
못 끼어서 안달이고/
인간의 사슬은
못 끊어서 속 터지니/
원형의 고리와 사슬은
어디서 생겨나나/
둘 다 끊으면 부처요
둘 다 이으면 예수요
전환에 능통하면 인간이니
고리와 사슬에서
계속 갈등해야 하나
우리는 왜?

2015.5.13

내가 돌아간다

내가 돌아간다/

돌이킬 수 없는 세상
내가 돌아간다/

한 번 돌면 어찔하고
두 번 돌면 아득하다/
시간 물러 즐긴 추억
고생마저 그립구나/
현재 누린 부귀가
버린 시간의 대가인가

2015.5.18

한숨

네가 내쉰 한숨
대기에 뿜어져서 내가 받아 들이키고
한숨이 길어져 내 숨마저 가빠지니
네가 받은 한숨, 누가 내쉰 한숨인가
내가 내쉰 한숨 길게 누워 흩어져라

2015.5.18

흔적

버티다 스러지면
그 흔적도 지워져야 하는가/
공터에 서서 옛 여인의 체취를
느끼다/
아카시아 향 얕게 드리우는
새벽녘에/
소싯적 그립던 여인의 흔적이/
뜨는 해 뒤로 하고 사라져 갔다

2015.5.22

눈

멀리 산야를 보는 눈이
나를 향한 눈이었나/
네온사인 탐욕스러운 거리를 보는 눈이
나를 향한 눈이었나/
그대의 눈은 멀쩡한데
내가 산야를 누비고 욕망에 젖었었나/
나, 그대의 눈 바라보게
부디 나를 향해 웃어주게

2015.5.29

고목

고목은 정정하다/
빈 몸에 뿌리마저 단출하니
몸 적실 봄비로 충분하다/

잎가지 왕성하던 시절
꽃, 열매 탐해 자주 찾던
벌 나비, 짐승마저 발 끊으니
귀찮던 날벌레, 진드기마저 떠나가고/

텅 빈 가슴속 고목은 정정하다/
하늘은 여전히 푸른데

2015.6.2

비몽

잠이 깨도 한밤중
잠에 취해도 한밤중
얕은 잠 뒤척이는 사이에
잠은 저 멀리 사라지고
새벽에 들어선다

눈을 감아도 한낮
눈을 비벼도 한낮
졸다 깨다 두어 차례
잠이 올듯 말듯
아직도 한낮인데

2015.6.4

6월, 선릉

님이 오시려나
밤꽃 내음 가득한 숲속에
풀 한 포기 몸 비꼰다
님의 손길 뺨 스치자
부드러운 숨결 귓가에 머문다
눈감고 한순간
직박구리 한 쌍 나타나
님 따라 날아간다
6월의 선릉에서

2015.6.6

이곳에 섰네

태어나 입 움직여 나, 이곳에 섰네
좌충우돌 세월 따라 나, 이곳에 섰네
끌어주고 당겨주고 울부짖어 나,
이곳에 섰네
선 자리 지키려고 나, 이곳에 섰네
이곳은 진정 이곳이어야 하는가
천당도 지옥도 아닌 곳이
오늘도 나, 이곳에 섰네

2015.6.12

시간 여행

내 다리로 걸을까
네 다리로 걸을까
그래, 나에게 업혀
내 다리로 걷자/

세월 지나/
내 다리로 걸을까
네 다리로 걸을까/
아직은 너를 안고
내 다리로 걷자/

세월 흘러 흘러
내 다리로 걸을까
네 다리로 걸을까
좋아, 나는 내 다리로

너는 네 다리로 걷사/

세월 한참 흘러
내 다리로 걸을까
네 다리고 걸을까
아니, 너는 네 다리로 걷고
나는 휠체어에 앉는다/

세월 소리 잊을 즈음/
나는 어이 걷기만 했을까
돌이킬 수 없는 시간 여행을

2015.6.12

꽃

눈을 들뜨게 하는 꽃의 자태/
코를 벌름거리게 하는 꽃의 내음/
입을 즐겁게 하는 꽃의 식감/

손으로 만져 즐거움을 더하는
꽃의 매력은 누가 찾나

2015.6.16

나의 자리

내가 선 자리에서
　너의 눈은 내려 보이고/
내가 앉은 자리에서
　너의 눈은 올려 보이네/
내가 누운 자리에선
세상 모든 눈이 나를 감싸네

2015.6.17

남산

기다리던 빗방울
  내리치는데
남산의 정자에
  낯선 나그네 셋
멀뚱히 먼 산 쳐다보네
지척 진달래
오랜 물맛에 고개 치켜들고
천둥 번개 곁드니
운치 어디 견질소냐

2015.6.20

하루

창밖의 저녁/
어스름 서서히 내려앉고/
작은 라디오/
은은한 경음악 선율에/
가슴속 외로움 짙어지는데/
오늘 또 하루 지나가는가

2015.6.22

초여름

비 개고
아침 햇살에 벌써
달아오르는 송진 내음/
산행 끝낸 오십줄 여인의
숨 가쁜 체취인가/
해지도록 솔솔 뿜어내는
나무의 매력에
무심한 내 걸음 멈춰서야 하는 걸까

2015.6.27

식탁의 남자들

만나서 반가운 미소 잠시/
할 말이 없다
마주 앉은 식탁의 거리는
멀수록 편하고
주름살, 흰머리 감추면 어색하다/
세월의 장난에 놀아난들 어쩌리
그냥 우리는 집 지키는 순한 수캐

2015.6.29

갈피

저 위의 고리에 줄을 걸어라
흔들흔들 내 몸/ 바로 서게

저 위의 고리에 줄을 걸어라
오락가락 내 마음/ 편히 쉬게

저위의 고리에 줄을 걸어라
가는 세월 시간장애/ 벗어나게
목이 마르면 줄이 끊어지기/ 기다려라

2015.7.8

갈대

내가 내 속에 있어야
내 생각이 내 마음/
나를 꼭 묶어 내 속에 재웠으면/
마음은 초심인데
생각은 계절 따라 놀고/
마음 따로 생각 따로
나는 갈대인가

2015.7.9

기억

그가 돌아왔다/
등에 업혀 피난하던
　삭막한 잔상들이/

그가 멈춰 섰다/
힘 넘쳐 주체 못하던
　실수의 시간들이/

그가 돌아섰다/
꼭짓점 통과지점
　조금 지나

2015.7.11

그렇게

그렇게 버리기엔 아쉬운 추억들이/
빛바랜 기억으로 희미해지고/
그렇게 보내기엔 그리운 얼굴들이/
하늘가 언저리 맴도는데/
현실인지 과거인지 몽롱한 정신 속에/
세월은 무얼 그리
무얼 그리 빠르더냐

2015.7.13

자식 관계 설명서

1장
출가한 자식이 부모의 끈을 놓지 않음은
부모가 그리워서도 아니고
부모가 가여워서도 아니고
부모의 손이 필요해서이다

2장
출가한 자식이 부모의 끈을 놓음은
부모가 먼저 버렸든지
부모가 짐이 되든지
부모의 손이 비었기 때문이다

3장

출가한 자식과 부모의 끈은

끈끈이 손주들로 이어지는데

세월이 지나면 눈 녹듯 녹아버린다

4장

부모, 출가한 자식 간은

피를 나눈 남남이다

2015.7.14

무료

가문 장마/ 찌는 더위
안개 드리운 달빛 아래
창밖 허공 속 적막은 여전한데
뉘 집 개 짖는 소리마저 그립구나

2015.7.15

여름 산행

이웃나라 지나는 태풍 덕에
시원한 바람/ 무더위 씻기고
투명한 하늘/ 눈이 시려라
대모산 날벌레/ 새벽부터 달려드니
내 눈 속 비문증 벌레 냄새 맡았나
어느 놈이 수놈이고
어느 놈이 암놈인가
그래도 숲이 좋아라

2015.7.16

살면서

그럴까 싶었다/
정말 그럴까 싶었다/
그가 그녀를 사랑한다는 사실이/
아니 그녀가 그를 진정 사랑한다는 사실이/
5, 60대 연륜에/
언젠가 멈춘다 해도/
믿음, 건강, 마음이 놓여져야 하는데/
믿을 수 없었다/
정말 믿을 수 없었다/
그들의 사랑이 잠시 머물다 간다 해도

2015.7.17

그냥

꼭 좁고 굽은 이 길로 가야만 하나
넓고 편한 길은 놔두고
많은 시간 천천히 쉬며 놀며 가라고?
볼 것도 시큰둥, 먹는 것도 시큰둥
그냥 편한 게 좋거든

2015.7.17

자식

내가 손을 들면
너도 손을 들고
내가 고개를 돌리면
너도 고개를 돌렸지

시간 흘러
내가 손을 들면
너는 손을 내리고
내가 고개를 돌리면
너는 고개를 흔들었지

시간 흘러
내가 손을 들면
너는 먼 산 보고
내가 고개를 돌리면
너는 자리를 떴지

시간 흘러
내가 손을 들면
너는 손을 맞잡고
내가 고개를 돌리면
너도 고개를 돌렸지

시간 흘러 흘러
내가 손을 들면
너는 간병인 부르고
내가 고개를 떨구면
너는 “어부이”

2015.7.22

갇힌 공간에서

갇힌 공간에서 나 홀로/
창밖 소음뿐/
눈감고 머리 기대니/
심장이 떨린다/
아직도 살아있구나

2015.7.28

기억

세월이 지나면/
담았던 모든 추억 잊혀진다 하는데
한순간 사라지면/
텅 빈 가슴속 허전해서 어쩌나/
채울 추억거리 근심에 뒤척이며 잠든다

2015.7.28

천사

나의 천사!
그대는 나를 위해
눈물을 흘릴 수는 없는가
주름진 얼굴에 풍파로 얼룩진
찝질한 눈물이 아닌!
새벽이슬 같은 맑은 눈물을
흘릴 수는 없는가
나는 그대의 눈물을 받아 머금고
새벽 공기로 승천하고 싶어라
그대는 나의 천사

2015.7.28

새벽 꽃

내가 울어
네가 꽃피울 수 있다면/
나는 종달새 되어 밤새워 온종일 울리라/

내가 웃어
네가 꽃피울 수 있다면/
나는 보름달 되어 하얀 웃음 지우리라/

피다 피다 시들으면
종달새, 보름달 어찌하나/
시든 꽃 부여안고
하얀 달빛 속 밤새워 지저귀다
새벽녘 여명 속에
안개 타고 날아가리

2015.8.3

내 주위는 고요, 적막/
휴대폰마저 잠들고/
창밖 차 소리만/
머리마저 공허한대/
거리는 움직임에 익숙하고/
열린 귀, 시린 눈에
손주 모습 어른대네

2015.8.3

그때 그 일들

긴 세월 지나 돌아보면 하찮고
수년 지나 생각하면 덤덤하고
지금 당장은 눈앞에 불
시간이, 시간이 힐링

2015.8.4

꿈속 여행

누군가 옆에 있다
지리한 걸음 끝에 산봉에 도착/
내리막 급경사에 미끄럼뿐/
용기 내어 앞사람 쫓아 내려간다
낯선 이곳에서 내 갈 곳은 어디/
어릴 적 어머니 품 안인가
출가 후 가족의 곁인가
아니면 나만의 독방인가
행선지 탐색 중/
삼각지, 청파동, 효창공원, 이문동, 삼성동

2015.8.6

쉬운 득도

그냥 시들하고/ 밍밍하고/
이 나이에 쇼킹한 건 그렇고/
그럼 뭐야/ 어쩌라고
뭘 어째/ 그냥 그렇다니까/
그게 득도의 바닥인데

2015.8.10

생물

그냥 그리 가도 돼/
어차피 뒤는 헝클어져야 제맛이지/
아무리 반듯해도 한 바가지 싸고 가기는
너나 나나/
그래도 1~20년은 너무 길잖아/
생물이 사물이 되는 찰나를 즐길 줄 모르니/
자다 깨면 오늘이 청춘이고
잠들기 전 뒤척임이 현실이지/
모든 성인은 사물
생물인 우리는 그래도 축복/
아프면 반쪽 생물이니
진정한 생물로 영원하자

2015.8.11

노인의 색

분홍에 집착하는 할매는
모습은 갔으나 여성스러움이 있고
청색을 고집하는 할배는
힘은 처지나 남성의 본능이 살아있다
노랑을 둘러쓴 노인은
당당하게 중성임을 내뱉고
회색에 휘감기는 노인은
중성화가 두려워 숨는다
진정한 노인의 색은 무엇인가
내려놓음과 외면으로
투명인간이 되는 것이다

2015.8.14

8월

8월 하순, 늦더위 한창/
석양 노을 뒤로하고
한강변 주행 중/
라디오 선율 "Beautiful brown eyes"/
맑은 대기 속, 마음마저
서툰 나이 먹은 듯/
뱉어 내고 싶어라

2015.8.18

본성

갖고 태어난 본성은 끝까지 간다
배움과 환경에 덧칠해져도
근성은 바뀌지 않는다
결혼, 친구, 동업의 관계 설정에는
상대의 본성 테스트가 핵심이다
한배에서 태어난 자식의 성격이 다르듯이
본성은 타고난다

2015.8.20

시간

힘든 보행/
가다가 멈추면 어이하나요/
거기가 네 자리인데 무얼 어이해/
대자로 편히 누워
잠시 하늘 보고 눈 감아/
새똥에 눈 다칠라/
지금도 자연은 흐른다

2015.8.22

세월이 가면

세월이 가면
너희들은 나이 먹고
나는 늙어가고

세월이 가면
과거의 현재 속에
벽은 점점 두터워지고

2015.8.27

지나가는 삶

정이 쌓이면 원칙이 깨지고
소심함의 극복엔 무데뽀가 약이다
신뢰가 굵어지면 서먹함이 더하고
쪼그라든 가슴팍은 낭만이 샌다
우리는 지나가며 살고 있다

2015.8.28

슬픈 초상

좀 튄다고 난체하는 백머리
좀 챙겼다고 거드름 피우는 주름살
좌장에 밥값 외면하는 철판
낫살 따지며 앞지르는 골통
구실 잃은 지 오랜데 어흠 하는 할배
그를 품는 우리
남산에서

2015.8.29

선릉, 도토리

늦여름, 초겨울 사이/
간밤 바람에 도토리 한 알
떨어졌다/
새벽 소나기에 도토리 두 알
떨어졌다/
그 많던 다람쥐 어디 숨었나/
손 달린 다람쥐 주접 떨기 전
숨겨 놔야 하는데

2015.8.29

너

어떨 때는 매끈함이/
때로는 닭살처럼 거칢이/
어떨 때는 울퉁불퉁 근육질이/
네가 그리워진다

2015.8.30

딸, 딸

"어깨 펴라!"
20년 전 딸에게 수없이 던진 말

익숙한 말귀
"어깨 펴라!"
엊그제 딸이 딸에게 무심코 던진 말

2015.9.1

산, 신

한없이 산에 오르고/
수많은 사람이 산에 오른다/
높건 낮건 정상에 서서/
더 높은 하늘을 보는 사람은
얼마나 될까/
모두 눈 아래 광경에 집착한다/
그래서 인간은 신이 될 수 없다

2015.9.3

자장

남풍 불어오네/
남북으로 길게 누워/
머리는 남으로 발끝은 북으로/
바람에 자장 일어/
머리에서 발끝으로/
다리에서 내장으로/
척추 통해 가슴으로/
입 벌려 한숨 토하니/
탄산가스 메탄가스
한 바가지 날아간다/
소나기 뿌려 후다닥/
자장이 사라졌다
구룡산에

2015.9.5

걷기

걷는다/ 아장아장 / 돌 지난 아기가
걷는다/ 보무당당/ 푸른 제복이
걷는다/ 휘청휘청/ 다된 관절이
먹이 활동, 구애 활동 삶의 현장에
걸어요, 당신의 자리 비워 두겠소

2015.9.7

새벽하늘

검푸른 새벽하늘가/
북극성, 북두칠성 아득히 깜박이고/
동쪽 샛별 넙죽이 빛 고와라/
공기마저 순해서 마음껏 들이키다
찬바람에 사례 들려 기침으로 토해내다

2015.9.8

무음

소리 없는 세상에서/
고요만이 우리를 평정하고/
우리는 느린 세상을 길들인다/
얼굴의 근심은 저만치 물러서고/
입안의 흥얼거림이 귓노래를 대신한다/
거부되지 않는 침묵 속에 닫힌 가슴은
열리고/
투명한 하늘 품에 우리가 산다

2015.9.10

돋보기, 눈

코앞은 돋보기로/
팔 뻗어 먼 곳은 안경 위로/
글자, 물질 문명은 돋보기로/
자연, 사회 문화는 렌즈 위로/
인간의 오만상은 돋보기로/
숨겨진 본성은 안경 위로/

작은 원형 돋보기
성찰의 상아탑

2015.9.11

자리

끼일 자리/ 빠질 자리
지킬 자리/ 떠날 자리
쿡, 눈도장 자리/
쾅, 주먹 내리칠 자리
서둘러 계산할 자리/
신발끈 오래 맬 자리
남자는 풀어야 할 자리만 있다

2015.9.11

가을 시작

여름내 푸른 산/
붉고 노란 기운 돌고/
하늘마저 파래지면/
아! 가을 시작/
가슴속 바람 부네

2015.9.17

본능, 본성

성에 차게 포식하고
성에 차게 사랑한다

자제하며 성찰하고
자기 던져 봉사한다

본능은 쉬워도
본성은 타고난다

2015.9.18

우리

내가 네 속에 있어
너를 보면 내가 보이고
나의 거울 속엔 네가 있으니
도대체 언제쯤 진정 나를 보려나

2015.9.19

인간

네기 네게?/
멘토였던 내가/
긴 시간 지나 선배/
최근엔 지인/
지금은 지나는 개/
괜찮아!
인생사 다 그런걸/
너도 걷고 있잖아

2015.9.19

가을 따라잡기

오늘에 서서
나를 서게 함은 누구이고
나를 때리는 자는 누구인가
두 박자 늦게 따라감도
그리 부담이라면 여기서 돌아서리다
피톤치드 뿜어댈까 주변을 서성여도
늦더위 누린 공기만
실컷 들이마셨네

2015.9.22

질량, 에너지 불변의 법칙

내, 천상에 올라 내려보매/
머리통만 보이니 누군가 걷고 있구먼/
등판만 보이니 근무 중이구먼/
얼굴, 몸통 다 보이니 깊은 잠 들었구먼/

나는 열 감지 능력으로 산 자만 본다네/
산 자의 움직임은 에너지의 발산/
산 자, 망자의 질량이 같다면
생명의 에너지는 누가 앗아 갔나
아! 신의 짓이구먼

2015.9.23

거품 노년

2년 후면 일곱 중 하나
성년 중엔 넷 중 하나
해방, 전쟁, 혁명, 경제개발 산증인/
그들이 지쳐 있다
가진 자는 세금폭탄(침묵)
빈자는 눈칫밥(침묵)
중간은 아래위 미루고(침묵)
비, 삽 들고 새벽 종소리 그대들/
공짜 복지 마다해야 체통/
고개 들고 가슴 펴고 위를 보라/
노년! 아직은 사회의 근간

2015.9.26

가을 초입

내기 남긴 족적 따라 걷는 이 길이
오늘따라 왜 이리 더딘지/
남서풍에 땀 날 겨를 없고
걷고 또 걸어
이 길은 정들자 지겨운데/
나뭇잎은 단풍 준비
마지막 푸르름 빛낸다
선릉의 가을 내음

2015.10.3

하루

그렇게 길던 하루가
한순간이 되었나
반복 일상/ 돌아서면 다시 원점

그렇게 짧았던 하루가
그렇게 애태우던 하루가/
손 놓고 가슴 비우니
어느 순간 늘어졌고/

단순/ 무료로 길들여진 일상 속에
다시 한순간이 되었네
하루/ 하루/ 하루

2015.10.6

솔개

~~높은~~ 가을 하늘
솔개 떴다/ 대 여섯 마리
남한산성 왕궁 위

병아리도 없는데
하릴없이 빙빙 돈다
인파에 놀랐나

가을 하늘
솔개 떴다
하릴없이 빙빙 돈다

2015.10.10

너, 나

시간이 지나면
너는 너대로 나는 나대로/
부부, 부모 자식, 친지, 이웃/
만나고 등지고 다시 손잡고/
너는 너대로 나는 나대로/
문화, 마음, 소유물/
우리 중생은 어쩔 수 없나 봐/
너, 나

2015.10.14

하늘이야

하늘이야
평생 눈 들어 바라본 하늘이야/
산에 올라 얕은 하늘 마셔보고/
비행기로 구름 속 헤쳐보고/
꿈속에 한껏 날아 누벼 본 하늘이야
오늘은 그믐달, 샛별만 생뚱맞은
까만 하늘/
헤집다 지쳐 여명 속에 날개 접고
돌아온다

2015.10.15

세월

골은 반드시 패이고
둔덕은 언젠가 무너진다
세월 따라 패이고
세월 탓에 무너진다
골과 둔덕이 근접하면
둔덕이 무너져 골에 쌓인다
신도 세월 따라 변해야 영원하다
세월은 장사다

2015.10.20

달, 먼지

달 떴네/ 오랜만에
그믐부터 베일 가려

달그림자 그리워/

달 떴네/ 상현달
검푸른 하늘가에

2015.10.23

점 I

남산 돌계단에 낙엽 한 잎/ 점 하나
그 잎 밟고 내가 서니/ 점 둘
바람 불어 먼지이니/ 점 셋, 점 넷,
점 다섯

우리는 먼지 속에 산다

2015.10.24

나의 노트

일기인가? 일기도 아닌 것이/
수필인가? 수필도 아닌 것이/
시인가? 시도 아닌 것이/
너는 누구인가
나는 생각의 동영상

2015.10.30

해묵은 친구

두 사람이 만났다
두 사람이 사는 곳 중간에서/
학창시절 가까웠던 추억으로
50년 반세기 걸려/
한 사람은 이민, 역이민
한 세월 여행하고
한 사람은 병 얻어 죽을 고비 극복하고/
한 사람은 물려받은 건강으로
한 자리 소주 한 병 불사하고
한 사람은 운동이 하루 중
최우선 과제이고/

한 사람은 길 나가는 자식들
품에서 못 떼어내 안달이고
한 사람은 보낸 자식들
후유증, 손주 재롱에 울고 웃고/
한 사람은 두 손 놓고 노후 테크
한 사람은 한 손 놓고 시간 테크/
그렇게 한 시간 지나
할 말이 동이 났다

2015.11.5

가을이 가면

가을이 가는 소리
낙엽 밟히는 소리
가을비 맞은 낙엽
마른 듯 젖은 듯
바닥에 붙어
큰 잎사귀 작은 잎사귀
모양도 제각각 소리도 제각각
나도 언젠가 낙엽되어
흐르듯 잊혀지리

2015.11.21

상처

직은 짐 공들여 이은 선/
칼 만들어 내리치니
날에 마음 베인 흘러간 상대/

가는 선, 좌우 엮어 짠 보/
위에서 넓게 드리우니
옛 상처 덮어져라/

나를 만난 상대에게

2015.11.23

거산

그리 흐른 세월 속에
너와 내가 사는데
사찰 풍경소리에 근심이 사라지나
성당 풍금소리에 운명이 바뀔까

거산이 갔다
풍운을 일으키던 거산이 갔다
덧없는 세월아

2015.11.24

선희야

선희야
서러운 표정 지우고
그리운 얼굴로 돌아와라
효창공원 가을 녘에 눈물짓던
네 모습이
60년 흘러도 아직 가슴속에/
긴 세월 다 보내고 이제야 그리운가
진 주름 흰 머리 세월에 돌리고/
나는 반장 너는 부반장
니트 소매에 눈물 훔치던 너를
왜 포근히 감싸 안지 못했을까
10살 선희야

2015.11.27

휘갈기는 싸락눈에 그 시절 묻고

어제의 내 얼굴은 내가 아니다
십여 년 전 내 모습은 이미 타인이다
러닝머신 애국가 노인은 어디로 사라졌고
사우나탕 에구구 신음 노인은
비쩍 날씬하다
기저귀 차고 힙 흔들던 손주아이
남자친구 가름하고
산보에 익숙한 사람들 모두 노인이니
나는 내 마음속 나인가 타인인가

2015.11.28

구룡산 북사면

두 가슴 포개지면 합심/
그래도 빈 공간 여전한데/
눈 덮인 산길/
가슴 하나 걸어가니/
등팍 바람 서늘하다

2015.12.5

숲길

바람 실어 내리쬐는 햇살/
눈부시고 볼 시리어
어찌 천기 받겠나

가랑비 싸락눈 적신 대지/
얼듯 말듯 정겨운 감촉
지신 받은 다리는
천리 길도 마다할 듯/
초겨울 왕릉 숲길

2015.12.12

하늘에 물었다

하늘에 물었다
당신의 그늘 아래/
파란 들판 양 떼 노니는 한가로운 평화의 끝/
IS깃발 속에 목숨 걸고 목숨 뺏는
잔인한 살인극/
다가올 곤경 무시한 채 자신의 영달에
눈 뒤집힌 정치권 졸부/
나만의 공간에 갇혀 본분을 포기한 인간말종/

인간 촌극 감상하며 무슨 생각하십니까
순정, 액션, 다큐
어느 장르에도 속하지 않는 파노라마 속물을
계속 상영하실 건가요
하늘에 물었다

2015.12.24

산 Ⅱ

산에 오를 땐 먼 하늘이 가로막고
산에서 내릴 땐 흙바닥만 바라보니
그 좋은 숲과 풍광은 시간 속에 갇혔나
땀 흘리고 바라본 먼 산
숲과 풍광이 살아났다

2015.12.29

속이 편해야지

뱃속에서 움츠리다
품속에서 울음 트고
세속에서 울고 웃고
방속에서 신음하다
땅속에서 영면한다

어느 곳이든 속이 편해야
속이 편해야 꿈틀하지
2016년 병신년에

2016.1.2

산길

그늘진 북향의 산길이 막혔다
넘어진 고목이 가로 누웠다
과자부스러기 탐하던 다람쥐는
어디 갔나
산길 따라 산행길이 삭막하다
꿈 깨어 머릿속에 정돈된 길
산길은 다리가 무거워야 제맛이다

2016.1.13

1월의 선릉

삭막한 숲길에 낙엽 뒹굴고
하늘마저 찌푸려 스산한데
바람결에 눈 날려 얼굴 스치니
버려진 듯 마음 한구석 허전하다
1월의 선릉에서

2016.1.16

요양병원

가끔은 천진하게 웃고
가끔은 생각을 비우고
가끔은 게으름도 피우다
도로 아이가 된 노인

2016.1.19

솟대 된 산새

산속에 내가 있고
산속에 네가 있어
내 산이 곧 네 산인데

시간이 멈추면
산속의 너와 나는 산새가 되고
산은 계절 따라 흘러

날개 잃은 작은 새
고목 위에 섯거라

2016.1.27

남산의 작은 새

안개 먹으며 오른 정자
간식 먹는 틈에
작은 새 나뭇가지에 앉다
과자 던져주니 본척만척
적은가 하나 또 던져도 본척만척
내 돌아서면 먹을까 외면해도
꿈적 않다 사라졌다
남산의 양반새

2016.2.13

눈을 떠요

바라보는 세상이 어둡고 답답해도/
나를 보는 시선이 따가워
몸 둘 곳 없어도/
눈을 떠요

흘러간 시간 속 눈에 담긴 추억도/
현실의 아픔과 갈등도
눈 속에 담지 말고/
눈을 떠요

바람에 티끌이-잡초 위 날벌레가
눈앞에 어른대도/
비문증 나비가 훨훨 날지 못하도록/
눈을 떠요

누가 내 눈 지긋이 감길 때까지는

2016.2.18

선릉의 봄소식

얼었던 숲길 발자국 생기고
나무 뿌리 이끼 푸르름 더하네
장끼 구애 소리 목청이 터져라
머리 위 까치 검은 옷 차림새 비웃어도
오는 봄 기대에 또 가슴이 설렌다
선릉의 봄 문턱에서

2016.2.20

점 II

눈 감은 채 솟구친다
맞바람, 안개 맛에 드디어 구름인가
추락할까 두려운 그곳
너도 점이고 또 너도 점이다
네가 올려 본 나도 점인가
구름 속의 점은 사라지고
네가 사는 속세는 점들 뿐이다

2016.3.11

희생

내가 누워 네가 선다면
내 기꺼이 눕겠소
내가 거름되어 네가 핀다면
내 기꺼이 썩겠소
무용의 내 육신 소용되길
그렇게 빌었는데
이제야 하늘 보기 두렵지 않구려

2016.3.20

이해

나는 그들이 왜 그런지 몰랐다/
하나같이 내 정서와 어긋났지/
자신의 이득 앞엔 거짓말도 밥 먹듯이/
자신의 출세 앞엔 배신도 당연한 듯/

노인의 몰골로 변한 이즈음/
척박한 조건 속에 생존을 위한
몸부림 문화인 것을
알게 됐지/
이제는 그들을 위한 이해만이
내 자신을 위한다는 것도
덤으로 깨달았지

2016.3.21

봄소식

성에 끼던 유리창은
반갑잖은 황사로 뒤덮이고
깊숙이 얼었던 땅 녹아 질편한 산행길은
벌써 텁텁한 먼지 그득한데
어느새 개나리 젖히고
진달래꽃 활짝 피었나
아침엔 겨울잠바,
한낮엔 반팔티 젊은이들
봄은 올듯 말듯 숨어서 다가오나

2016.3.24

봄의 향기

찌든 도시, 스모그 가득한 하늘가/
봄의 내음 잊은 지 오래/
새싹 돋는 들판/
축축한 대지에 피는 아지랑이/
눈 감고 어릴 적 시절로 돌아간다/
비누 냄새 풍기는 여인의 손길 속에

2016.3.24

영혼

나는 영혼이 깨끗한 사람을 좋아한다
철들어 반백 년 동안 스쳐간 사람들
신앙으로 포장된 성실, 위선으로 가려진 진정성
이제는 품행과 한두 마디 대화만으로도
그들의 영혼의 혼탁을 엿볼 수 있다
예수님도 가려내지 못한 배신의 그늘을
포용으로 감싸 안기는 너무도 살맛 나는 세상
나는 영혼이 깨끗한 사람을 좋아한다
그냥 그대로의 관계로 충분하니까
당신의 영혼은 깨끗합니까

2016.3.28

열어주는 길

열어주는 길에서
너무 달려 심장 터져 쓰러진다
닫힌 길 열려고 바둥대다
거품 물고 쓰러진다
열어주는 길에 주인공은 누구인가
길을 여는 자인가 달리는 자인가
우리는 신과 싸우고 있다
열어주는 길에서 적당히 달리기 위해

2016.3.29

4월

침 뱉었던 그 얼굴도
슬며시 떠오르는 4월/
너무 가까워져 등 돌렸던 그 얼굴도
새삼 그리워진다/
트릿한 봄 하늘 수놓은 스모그도
긴 세월 지나면 보고파질까/
스쳐간 인연들이 그리움과 노여움이
교차되어 나타나면
가뜩이나 뒤숭숭한 잠자리가
사라질까 두려운 4월

2016.4.6

한강의 다리

탁한 물결에 각대어
한 개, 두 개, 세 개
2차로, 4차로, 6차로, 8차로, 16차로, 제각각
폭격, 부실공사, 파손/복구
건너면 돌아오고
한강의 다리는 잊혀진 듯 피곤하다

2016.4.10

꿈속의 소리

소리가 사라졌다
창밖 자동차 소음도
사찰의 청랑한 풍경소리도
전장의 아비규환 절규도
사랑의 달콤한 속삭임도

오직 냄새와 만짐과 두 눈만이 살아있다
이렇게 조용한 것을

라디오도 음악도 TV 스피커도 사라졌다
입은 움직여도 귀가 막혔다
이렇게 조용한 것을

나의 꿈속엔
소음과 절규와 밀어마저 잊혀졌다
정적의 나의 꿈은 행복의 시작인가

2016.4.11

남산 위 정자에서

벚꽃잎 바람에 밀려서 입안에 들고
하늘 위 솔개 세 마리 맴돈다
개나리 먼저 피어 아직도 성성한데
흐드러지던 네 자태가 언제였나
발아래 깔려 짓밟히는 신세에
내 무어라 위로할까
남산 위 정자에서

2016.4.16

신. 신

내가 지워지고 네가 서면
신의 뜻에 따름이요
내가 지기 전에 네가 서면
신도 경의를 표할 테고
내가 지고 너마저 진다면
신은 한숨지겠지
신을 보며 순리대로 살아야지
신은 영원히 우리와 함께하리니

2016.4.22

허상

새벽하늘 동트기 전에
그대여 내 곁에서 떠나가 주오
아침 햇살에 그대 얼굴 비치면
내 자신 민망해할까 두렵소

저녁노을 해무리 가득하면
그대의 다정한 목소리 듣고 싶소
어두움 속에 허우적대며
외로움 달래기엔
내 너무 지쳤소
그대여 허상의 신이 되어
내게 돌아와 주오

2016.4.25

어느 봄날 저녁

오랜만에 먼지 가신 하늘에 저녁놀 깔리고
아일랜드 음악 선율 라디오에 잔잔한데
사느라 막혔던 눈물샘 갑자기 터졌다
칠순 노인 주름진 눈가에 이슬이라

나, 다시 돌아갈 순 없나
마음만 도려내어 순수한 감성의 세계로
막지 말아라
내 스스로 택한 길일지도 모르니

2016.5.1

살아있음에 II

내가 살아있어 바라보니
그대 가슴 보이고
내가 살아있어 움직이니
그대 발 앞이라

내가 죽어 새가 되면
그대 영혼 좇을까
살아있음에
살아있음이 기쁨이다

2016.5.5

나의 산

걸어 산에 오름은
산의 내음을 맡기 위함이요
꿈속 산의 비행은
눈요기에 그친다
죽어 산에 묻힘은
산에 귀의함이니
산신이여 그동안 과오 용서하시오
고성, 방타, 거풍, 모두 인간의 속된 버릇
작은 가슴 도려내어
그대 품에 안깁니다

2016.5.10

우리

황톳길 흙먼지 먹고
거리에 선다/
너와 나
동지이자 삶의 경쟁자/
석양에 비친 먼 산 바라보니/
웃음인지 울음인지
어쭙잖은 표정은/
그래도 우리는 우리

2016.5.20

어제 메아리

소리쳤다
메아리 되어 온다
'네 영혼에서 빠져나와라'
늙고 병든 육신마저 버거운데
가슴마저 멍에 지면 어쩌지
눈 감고 귀 막고
소리쳤다
그리움 속 청춘이 어제였다고

2016.5.20

산길

발길에 차인 돌은 눈앞에 구르고
돌부리에 채인 나는 돌 앞에 구른다
산길은 가만가만 천천히
산의 자연을 느껴 가라 말한다
자주 밟는 산길에 낙엽의 인사말이 들리는가
지나치는 산길이 아닌 대화하는 산길이어라

2016.5.27

어느덧 실버, 우리는

더할 수도
그렇다고 멈출 수도 없는
우리는/

나아가기도
그렇다고 물러설 수도 없는
우리는/

느낌을 표출하기도
그렇다고 숨길 수도 없는
우리는/

사람에 싸인 고독
내려가며 헤인 계단의 숫자
석양 해무리에 비친 외로운 눈물
매일 느껴야 하는 우리는

2016.5.27

오뉴월 숨 쉬기

태양은 여전한데 희뿌연 코팅/
먼지 냄새 찌든 콧속은 답답/
산으로 피하면 뻥 뚫릴까 기대해도
숲속의 풀잎마저 숨 막혀 허덕이니
오뉴월 하늘은 습한 동굴만 못하더라

2016.6.1

그렇게

그리움에 피었던 눈물도 진지 오래/
메마른 눈가엔 편안한 흰머리 거세지고
검버섯 드문드문 자리매김 바쁘다/
멍해지는 머리는 쫄아든 뇌 닦달해
연륜 값 행세하고/
주먹 대기 추억은 고향 찾아 헤매는데/
서러움도 즐거움도 노여움마저
세월 따라 지워졌다

2016.6.3

AM 11시 05분

참새에 쫓긴 작은 얼룩나비
산길 내 앞에 달려든다/
부딪칠 뻔 참새는 용케 피해 저만치
혼쭐난 나비는 이내 풀 속으로 숨는다/
나비의 비행이 어찌 그리 잽싼지
팔랑팔랑 날갯짓은 잊어버리고
솔개 저리 가라 목숨 부지 몸부림/
미물의 생사 현장 AM 11시 05분

2016.6.3

시간 속에서

1.
그렇게 보낸 시간이 지겨웠는데
이렇게 보내는 시간이 아쉬워지네
걷고 마시고 흘리는 이 시간이
얼마나 될까
뉘 손에 먹고 닦이는 그 시간이
다가오면
천장 보며 웃는 짓은 거두고 싶다

2.

그렇게 지난 긴 세월 지겨움 품고
사라지고
이렇게 남은 순간들이 아쉬움 속에
흐르는데
어제의 상처도 이제는 미련만 남아
하루하루 삶의 움직임이
기적같이 달아난다

2016.6.6

밤꽃

아카시아 꽃잎 메마른 황토에 섞여
발아래 짓이겨지면
바람결에 향긋한 밤꽃 내음 코끝에 스친다
무심한 남정네 들숨 한번에 돌아서지만
서너 명 아낙네 벤치에 진치고 둘러앉는다
'밤꽃 냄새 얼마만인가 죽여 주누만'
밤꽃 필 즈음 남산에서

2016.6.11

잊혀진 영혼

바라보는 눈길이 그윽해지면
연민일지 동정일지 나는 다 좋아/
감성에 이끌리는 짧은 세월 다 놓치고
너무 많은 노여움에 이토록 지쳤으니/
우리-잊혀진 영혼 찾아
순리의 본능대로 살아보자

2016.6.11

눈물

서러워 흐른 눈물은 탁하고
그리워 흐른 눈물은 맑디맑다
지는 해 마주하며 고인 눈물은 어쩌나
눈 안에 머문 채 말라 알 수 없다

2016.6.22

산의 오름

눈이 즐겁다. 산의 오름은/
시시각각 변하는 자연에 홀려

가슴이 깨진다. 산의 오름은/
숨이 턱을 넘어 하늘이 보이는데

입이 신난다. 산의 오름은/
씹어도 마셔도 얹히지 않으니

다리가 빠진다. 산의 오름은/
마디마디 닳고 삭아 후들후들

그래도 며칠 지나 산에 오른다
왠지 나도 모른다
이번에도 눈과 입이 이겼나 보다

2016.6.26

내가 그곳에 있었지

피난길. 경상도 우하 낙동강 백사장/
곡마단 나팔 소리에 덩달아 신나
그곳에 내가 있었지

상이군인 노총각선생 몽둥이 히스테리/
반장 역할 시원찮다 구타에 치 떨던
12살 4학년 교실
그곳에 내가 있었지

1년이 멀다 하고 월세방 전전/
손수레 장독 싣고 언덕배기 밀던/
40kg 체중에 40kg 물지게
하루 다섯 번. 드럼통 채우던
그곳에 내가 있었지

오후 5시 고교 3학년 종례 시간/
어김없는 담임선생 호출 명령/
뜨거운 시선 속
공납금 독촉에 가슴은 망가지고
그곳에 내가 있었지

2016.6.26

생활인

차 소리-층간소음에 고생했어/ 귀를 닫아라

먼 하늘 보다 황사-꽃가루에 눈 다칠라/

눈을 감아라

돌리다 돌리다 정말 돌아갈라/ 머리를 세워라

들숨 날숨 허덕이다 지겨우면/ 숨을 멈춰라

2016.6.27

정지된 상태

'동작 그만' 정지된 상태
그래도 몸속의 피는 흐른다

가로등 박살낸 자동차. 정지된 상태
그래도 엔진룸 먼지는 피어오른다

히말라야 최고봉. 정지된 상태
태양계의 지구는 돌고 있다

2016.7.4

꿈길 여행

거기/
30년 전 부곡온천 설악산 울산바위
동반자 아닌가요

거기/
10여 년 전 백양사 울진 여름바다
동반자 아닌가요

거기/
얼마 전 문경새재 속초 겨울바다
동반자 아닌가요

꿈속이었나 거기 그 시절
꿈길이었나 그 장소 그 시절

2016.7.4

끝이 없는 끝

저 끝을 찾아/
달리고 걷고 다시 보고
또 걷고 달리고/
그래도 저 끝은 항상 저만치/

나는 끝없는 끝을 향해
지금껏 달리고 있었다

2016.7.7

은퇴자들

밀고 당기던 갑을관계/
서슬 퍼렇게 들이대던 열정의 상실/
　– 추억 속에서–

무관심/무표정/침묵/자아의 투명화/
　– 미래를 보며–

2016.7.11

만남

그냥 지나치렵니다/ 그대와의 스침은
통속적인 대화는 침묵만 못하죠

잠깐만요/ 그대에게 호감이
의미있는 만남은 재미뿐인가요

지나친 사람. 멈췄던 사람
모두 다 한 장의 영상으로 접어두기엔
채울 공간이 먼저랍니다

2016.7.21

포장

자신이 소외된 반백 년 삶
포장이 벗겨진 이후
나신이 부끄러워 갈 곳을 잃었다
가족도, 친지도, 친구마저
아니 낯선 자신의 모습마저
외면했다

2016.7.25

폭염

귀 따갑게 울던 매미 소리도
더위에 지쳐 뜸해지고
열기 뿜는 바람마저 대하기 싫은데
언제 가나 달력 들추니
아직도 한 달은 걸린다네
하늘의 일이니 받긴 하지만
하루에 한 번 소나기나 뿌렸으면

2016.7.27

틀 I

틀 속에 갇힌 채 너를 보고
너 또한 틀 속에서 나를 접한다
틀이 합쳐 너른 틀 속의 너와 나
틀 밖의 나는 자유인/
자유인이 되기엔 너무 긴 세월이 흘렀다

2016.8.4

매미

그렇게 슬피 울던 매미도
계속된 폭염에 하던 짓 멈추고
베란다 방충망에 눌어붙었다
7년을 땅속에 숨어 살다
날개 펴고 나와 고작 며칠 살자고
잘난 울음마저 공해라 저주하니
나 어이하라고
먹이 이슬마저 말라붙고
땅속까지 파헤쳐
내 자식 굼벵이까지 보양하니
나 어이하라고

2016.8.10

역사 속 국어책

어르신 철수가 돌아온 날
“순이야! 바둑인 여전하구나.”
“5세대 아이돌 바둑이란다.”

60여 년이 지나도
철수와 순이의 성은 기억에 없다

2016.8.22

소녀

바라만 봐도 약하디 청순하고
재잘대면 참새가 된다
연필을 잡으면 꽁지머리 삐삐가 되고
"김치" 하면 이빨빠지개 순이가 된다
멍때리면 천진난만
너희는 아이버리 소녀다
소녀야
투명한 마음에 먹물 튈까 조심해라

2016.8.23

틀 II

나의 틀 안에 내가 살고
너의 틀 안에 네가 살고/
너와 나의 틀을 합치면
너의 울타리는 나를 막지 못하고
나의 울타리는 너를 막지 못한다/
우리는 자유인이 되었나
방종의 늪에 빠졌나

2016.8.23

저자 약력 최한중

- 서울생
- 토목공학석사. 기술사
- 저서: 『일상의 노래』, 『도로공학총론』, 『도로공학』